TAXI
PARISIEN
817YA75

Laudec · Cauvin

# TAXI GIRL

## VOUS AIMEZ LES BÊTES ?

PARTICIPATION AUX DÉCORS :
**MICHEL CHANTRAINE**

DUPUIS

Dépôt légal : avril 1996 — D.1996/0089/58
ISBN 2-8001-2197-1 — ISSN 0778-3396

Imprimé en Belgique.

TAXIS
TAXI!
817YA75
À ORLY, VITE !
MAIS... MAIS QUE?!... OOOH! OOOOH!
? ? ?
EUH... ÉCOUTEZ-MOI, JE...
RIEN DU TOUT! JE PRÉFÈRE ENCORE PRENDRE LE BUS OU LE MÉTRO!
EH BIEN, PEARL, QU'EST-CE QUI T'ARRIVE...?
OH, C'EST TOUTE UNE HISTOIRE...
30/1

ELLE A COMMENCÉ CE MATIN...
VOUS ÊTES LIBRE?
OUI, MONTEZ.
À L'ÉLYSÉE, S'IL VOUS PLAÎT!
VOUS AVEZ RENDEZ-VOUS AVEC LE PRÉSIDENT?
OUI!
EXCUSEZ-MOI, MONSIEUR LE MINISTRE, JE NE VOUS AVAIS PAS RECONNU...
JE VOUS EN PRIE...
JE NE VOUDRAIS PAS ÊTRE INDISCRÈTE MAIS, SI VOUS ME LE PERMETTEZ, JE VOUDRAIS QUAND MÊME VOUS POSER LA QUESTION QUI ME BRÛLE LES LÈVRES!
ALLEZ-Y!
UN MINISTRE A UNE VOITURE ET UN CHAUFFEUR À SA DISPOSITION. ALORS, POURQUOI PRENDRE UN TAXI?
13
TAXI PARISIEN
IL Y A QUELQUES JOURS, J'AI FAIT VOTER UNE LOI À LA CHAMBRE QUI N'A PAS PLU, MAIS ALORS PAS DU TOUT, AUX PÊCHEURS BRETONS!
EXCUSEZ-MOI, MAIS... JE NE VOIS PAS LE RAPPORT!
30/2

LES PÊCHEURS N'ONT PAS LA PÊCHE
MARRE DE NAGER EN EAU TROUBLE
AUJOURD'HUI, POUR EXPRIMER LEUR MÉCONTENTEMENT, ILS SONT DESCENDUS DANS LA RUE ET, BIEN SÛR, JE N'AVAIS NULLE ENVIE QU'ILS RECONNAISSENT MA VOITURE ET S'EN PRENNENT À MA PERSONNE.
QUOI?
VIENS À LA PÊCHE AUX MOULES
AH, BRAVO! ET MON TAXI? VOUS Y AVEZ PENSÉ, À MON TAXI?
DES TAXIS, IL Y EN A DES MILLIERS DANS PARIS, ILS N'Y PRÊTERONT MÊME PAS ATTENTION...
ON NOUS MÈNE EN BATEAU
EEEEH!
CHÔMAGE NON
NOUVELLE LOI = POISSON D'AVRIL?
NON
LES DENTS DE LA MER
FONCEZ! FONCEZ!
RELEVEZ VOTRE VITRE! ON Y VA!

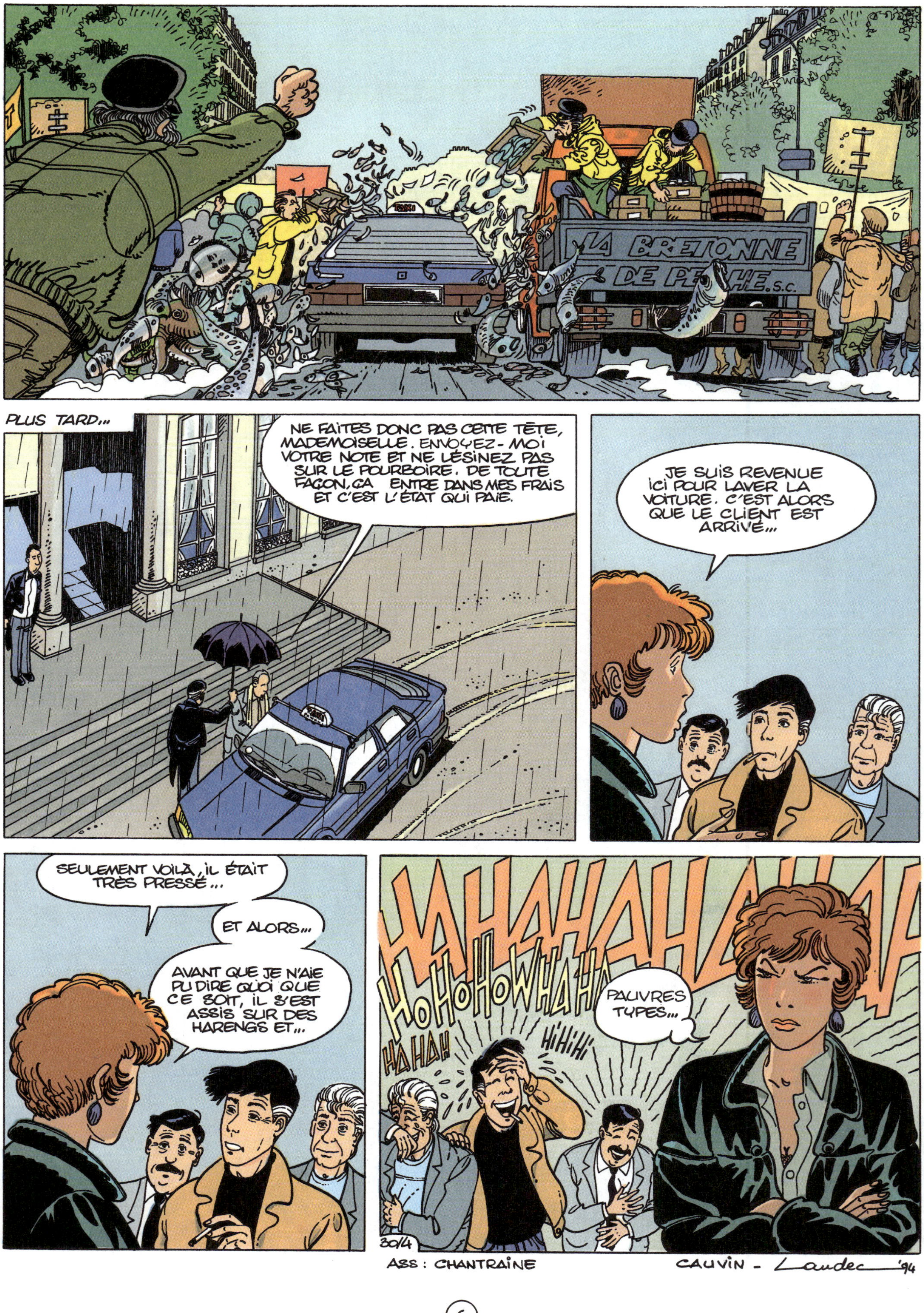
LA BRETONNE DE PECHE s.c.
PLUS TARD...
NE FAITES DONC PAS CETTE TÊTE, MADEMOISELLE. ENVOYEZ-MOI VOTRE NOTE ET NE LÉSINEZ PAS SUR LE POURBOIRE. DE TOUTE FAÇON, ÇA ENTRE DANS MES FRAIS ET C'EST L'ÉTAT QUI PAIE.
JE SUIS REVENUE ICI POUR LAVER LA VOITURE. C'EST ALORS QUE LE CLIENT EST ARRIVÉ...
SEULEMENT VOILÀ, IL ÉTAIT TRÈS PRESSÉ...
ET ALORS...
AVANT QUE JE N'AIE PU DIRE QUOI QUE CE SOIT, IL S'EST ASSIS SUR DES HARENGS ET...
HAHAHAHAHAHA
HOHOHOWHAHA
HAHAH
HIHIHI
PAUVRES TYPES...
30/4
ASS : CHANTRAINE
CAUVIN - Laudec '94

TAXIS
EXCUSEZ-MOI, VOUS ÊTES LIBRE?
COMME L'AIR...
RUE HALÉVY, S'IL VOUS PLAÎT!
ET C'EST PARTI, MON KIKI!
C'EST L'ANNIVERSAIRE DE MA FEMME, AUJOURD'HUI!
AH? EH BIEN, VOUS L'EMBRASSEREZ DE MA PART!
JE VOUDRAIS LUI OFFRIR UN MAILLOT DE BAIN...
SI ELLE AIME ÇA, POURQUOI PAS?
SEULEMENT VOILÀ! J'AI UN PROBLÈME. JE NE CONNAIS PAS SES MENSURATIONS!
BAH, CE N'EST PAS TROP GRAVE. COMMENT EST-ELLE, VOTRE ÉPOUSE? FORTE? FINE? GRANDE?
ELLE... ELLE VOUS RESSEMBLE UN PEU. ELLE A LA MÊME TAILLE, LA MÊME GRANDEUR ET ELLE EST AUSSI JOLIE QUE VOUS...
C'EST GENTIL TOUT PLEIN, ÇA...
DITES...
OUI?
VOUS NE VOULEZ PAS ME RENDRE UN PETIT SERVICE?
SI C'EST DANS LA MESURE DE MES MOYENS...
...VOUS ESSAYEZ LES MODÈLES. IL ME SERA PLUS FACILE DE JUGER SUR VOUS!
QUI? MOI? NON MAIS, ÇA VA PAS LA TÊTE?
VOUS CROYEZ QUE JE N'AI QUE ÇA À FAIRE? JE DOIS GAGNER MA VIE, MOI!
OH, MAIS JE VOUS PAIERAI LA COURSE, ET TOUT LE TEMPS QUE VOUS AUREZ PASSÉ AVEC MOI!
16/1

C'EST UN MAILLOT QUI RISQUE DE VOUS COÛTER LES YEUX DE LA TÊTE !
RIEN N'EST TROP BEAU POUR CELLE QU'ON AIME ! JE VOUS EN PRIE, ACCEPTEZ ! ELLE SERAIT TELLEMENT DÉÇUE SI JE REVENAIS LES MAINS VIDES...
O.K. ! MAIS C'EST BIEN POUR VOUS FAIRE PLAISIR. CE N'EST PAS DANS MES HABITUDES DE JOUER LES MANNEQUINS-VEDETTES DEVANT LE CLIENT !
OH, MERCI ! JE VOUS EN SERAI ÉTERNELLEMENT RECONNAISSANT !
DLIIIIIIING
CE SERAIT POUR ESSAYER DES MAILLOTS, S'IL VOUS PLAÎT !
SI VOUS VOULEZ BIEN ME SUIVRE, LES CABINES D'ESSAYAGE SONT PAR ICI...
PLUS TARD...
NON !
ENCORE PLUS TARD...
NON PLUS...
TOUJOURS PLUS TARD...
BOF !
VINGT-CINQ MAILLOTS PLUS TARD...
BEUÊRK !
ENFIN...
CELUI-LÀ !
ENFIN ! JE COMMENÇAIS À M'INQUIÉTER !
16/2

JE REVIENS DE SUITE...
MAIS JE VOUS EN PRIE, FAITES DONC...
JE VOUS FAIS UN PAQUET-CADEAU?
OUI, C'EST POUR OFFRIR!
VOILÀ, MADEMOISELLE, C'EST MILLE FRANCS!
HI HI HI, IL Y A ERREUR! CE N'EST PAS POUR MOI, C'EST POUR...
Baignade PARIS
...LUI!?
EEEH! MAIS OÙ EST-IL PASSÉ?
LE MONSIEUR QUI VOUS ACCOMPAGNAIT? IL EST PARTI...
Baignade
OH, LE COCHON!
ALORS, VOUS LE PRENEZ OU VOUS NE LE PRENEZ PAS?... VOUS SAVEZ, CE N'EST PAS LA PREMIÈRE FOIS! JE CROYAIS QUE VOUS ÉTIEZ AU COURANT!
ROYAL AIR MAROC
95
TAXI
BON DIEU, PEARL, T'EN FAIS UNE TÊTE! QU'EST-CE QUI T'EST ARRIVÉ?
SI JE VOUS LE DISAIS, VOUS NE ME CROIRIEZ PAS!
TAXIS
VAS-Y, RACONTE TOUJOURS!
EH BIEN VOILÀ...
VOUS VOULEZ QUE JE VOUS DISE? PLUS JE CONNAIS LES HOMMES, PLUS J'ADORE CANNELLE!
TAXIS
16/3
CAUVIN - Laudec '93

# DÉLIT DE FUITE

# LA SAISON DES AMOURS

EUH, OUI, OUI, IL EST LIBRE !...
EUH... BON. OÙ ON VA ?
HEU... AHEM... OÙ ÇA, DITES-VOUS ?
NE... NE BOUGEZ PAS DE LÀ, JE REVIENS DE SUITE !
?
QUELQU'UN CONNAÎT-IL L'ARABE ?
HEIN ? NON, POURQUOI ?
2011

AH? IL NE PARLE PAS LE FRANÇAIS?
JE NE CROIS PAS, NON!
TU AS ESSAYÉ L'ANGLAIS? LES ARABES PARLENT L'ANGLAIS!
HEU... WHERE ARE YOU GOING?
APPAREMMENT, IL NE CONNAÎT PAS L'ANGLAIS NON PLUS!
DANS CE CAS, IL N'Y A PLUS QU'UNE SOLUTION! MONTRE-LUI UN PLAN, IL T'INDIQUERA BIEN OÙ IL VEUT ALLER!
OÙ VOUS VOULOIR ALLER?
HÉ BÉ!
COMME TU DIS!
VOUS AVEZ COMPRIS?
PAS UN MOT!
MOI NON PLUS.
ET NATURELLEMENT, IL FALLAIT ENCORE QUE ÇA TOMBE SUR MOI!
MÈNE-LE JUSQU'À SON AMBASSADE. IL Y A BIEN QUELQU'UN QUI T'INDIQUERA OÙ IL VEUT ALLER!
C'EST VRAI, ÇA!
2012

OUI, SEULEMENT, SI ON A À FAIRE À UN RÉFUGIÉ POLITIQUE, ILS VONT LUI TOMBER DESSUS À BRAS RACCOURCIS AVANT DE LE RENVOYER CHEZ LUI !
C'EST VRAI AUSSI, ÇA !
... ET EN PLUS, IL A L'AIR PRESSÉ !
IL INDIQUE SA MONTRE ! À MON AVIS, IL A UN TRAIN À PRENDRE... OU UN AVION !
OUI, MAIS POUR ALLER OÙ ?
VOUS, TCHOUC TCHOUC TCHOUC...?
OU... DZZZZ...?
... L'AVION ! ENFIN, ON Y EST !
IL VEUT ALLER À L'AÉROPORT !...
OUI, MAIS CHARLES DE GAULLE OU ORLY ?
UNE HEURE PLUS TARD...
OUF ! ÇA N'A PAS ÉTÉ SANS MAL !
J'EN AI ASSEZ POUR AUJOURD'HUI, CANNELLE ! ON RENTRE À LA MAISON...
MAIS AVANT ÇA...
APPRENEZ LES LANGUES ! L'EUROPE ET LE... SONT À VOTRE POR...
... VOUS INSCRIRE POUR LES COURS D'ARABE, DE NORVÉGIEN, DE SUÉDOIS, DE JAPONAIS, DE... VOUS NE CROYEZ PAS QUE VOUS EN PRENEZ UN PEU TROP ? ESSAYEZ L'ANGLAIS, TOUT LE MONDE PARLE ANGLAIS DE NOS JOURS...
VOUS CROYEZ ÇA...
2013
CAUVIN - CHANTRAINE - Laudec '92

# UN TEMPS DE CHIEN

# LA CHASSE ACCOURT!

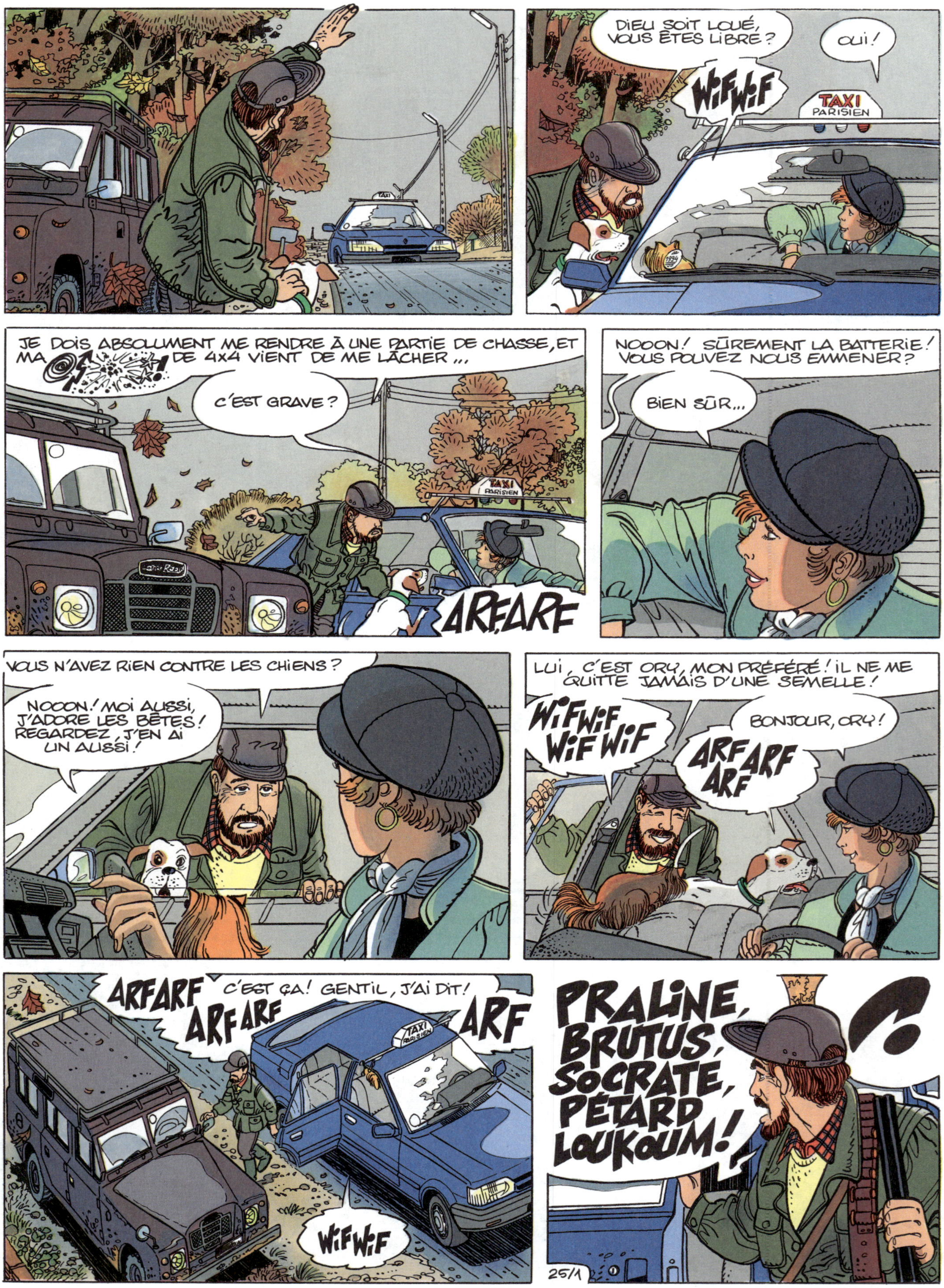

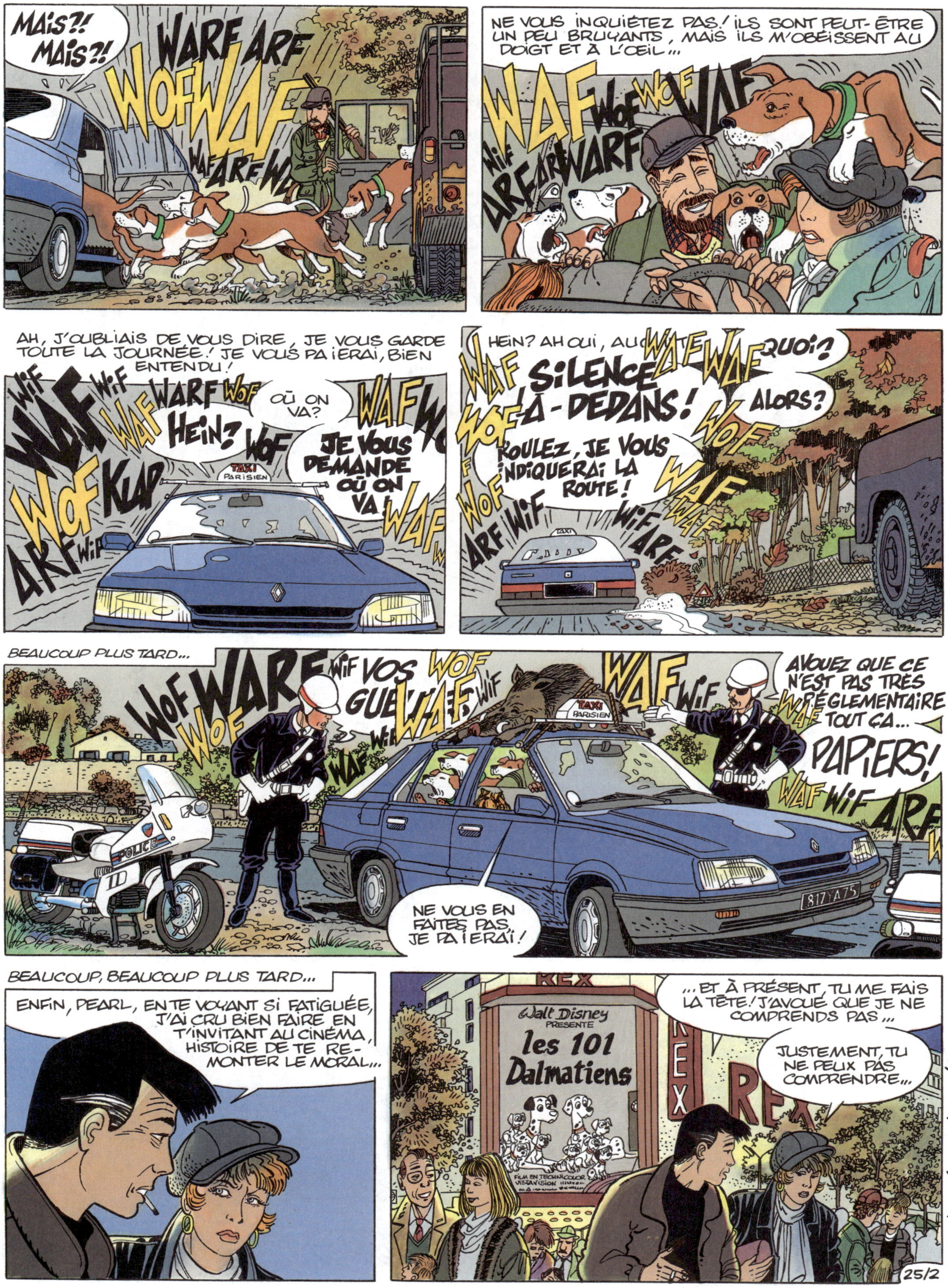
MAIS?! MAIS?!
WARF ARF WOF WAF WAF ARF
NE VOUS INQUIÉTEZ PAS! ILS SONT PEUT-ÊTRE UN PEU BRUYANTS, MAIS ILS M'OBÉISSENT AU DOIGT ET À L'OEIL...
WAF WOF WOF WAF WIF ARF ARF WARF
AH, J'OUBLIAIS DE VOUS DIRE, JE VOUS GARDE TOUTE LA JOURNÉE! JE VOUS PAIERAI, BIEN ENTENDU!
WIF WAF WIF WAF WARF WOF
HEIN?
OÙ ON VA?
WAF WO
WOF
JE VOUS DEMANDE OÙ ON VA!
WOF KLAP
ARF WIF WAF
TAXI PARISIEN
HEIN? AH OUI, AU
QUOI?
SILENCE LÀ-DEDANS!
ALORS?
ROULEZ, JE VOUS INDIQUERAI LA ROUTE!
WAF WOF WAF WOF WAF WIF ARF WIF ARF
BEAUCOUP PLUS TARD...
WOF WARF WOF WIF VOS GUE WOF WAF WIF WAF WIF WAF WIF
TAXI PARISIEN
AVOUEZ QUE CE N'EST PAS TRÈS RÉGLEMENTAIRE TOUT ÇA...
PAPIERS!
WAF WIF ARF
POLICE
817 XA 75
NE VOUS EN FAITES PAS, JE PAIERAI!
BEAUCOUP, BEAUCOUP PLUS TARD...
ENFIN, PEARL, EN TE VOYANT SI FATIGUÉE, J'AI CRU BIEN FAIRE EN T'INVITANT AU CINÉMA, HISTOIRE DE TE REMONTER LE MORAL...
REX
Walt Disney PRÉSENTE
les 101 Dalmatiens
... ET À PRÉSENT, TU ME FAIS LA TÊTE! J'AVOUE QUE JE NE COMPRENDS PAS...
JUSTEMENT, TU NE PEUX PAS COMPRENDRE...
CAUVIN - Lambil '93
25/2

# LA GRANDE GLISSE

WÔAAW! ÇA GLIIISSE!
EEEH!
BONK
OFFRIR UN CACTUS À SA FEMME POUR LA FÊTE DE NOËL! NON MAIS, IL FAUT ÊTRE COMPLÈTEMENT FÊLÉ!
MAIS PUISQUE JE VOUS DIS QU'ELLE N'AIME QUE ÇA!
29/2
CAUVIN - Laudec '94

# CADEAU DE NOËL

GARE-STATIO
BONJOUR, MA SOEUR.
BONJOUR !
NORD
MÉTROPOLITAIN
JE VOUS EMMÈNE OÙ ?
À L'INSTITUT CATHOLIQUE DE PARIS, DANS LE SIXIÈME, S'IL VOUS PLAÎT !
OH !
?
ARF !
CANNELLE ! LAISSE MADAME ... EUH... LA SOEUR TRANQUILLE !
LAISSEZ-LE ! CE N'EST PAS TOUS LES JOURS QUE J'AI LA CHANCE DE TENIR UN PETIT CHIEN DANS LES BRAS ! HI HI HI ... !
IL N'Y A PAS D'ANIMAUX DANS VOTRE COUVENT ?
NON ! TOUT NOTRE TEMPS EST PARTAGÉ ENTRE LA PRIÈRE, LE SILENCE ET LE RECUEILLEMENT !
IL Y A LONGTEMPS QUE VOUS ÊTES ENTRÉE EN RELIGION ?
TRENTE ANS !
TRENTE ANNÉES DE PRIÈRE, DE SILENCE ET DE RECUEILLEMENT... FAUT LE FAIRE !
EEEEH ATTEN...
TAXI
BONG
21/1

MILLE MILLIARDS DE
VOTRE PERMIS DE CONDUIRE, VOUS L'AVEZ TROUVÉ, ACHETÉ OU VOLÉ ?
RENAULT 2
POÔÔP
PIIIIP
PIIIIP
TUUUT
PIIIIP
HONK
TUUUUT
TUUUUUT
NE FAITES PAS TANT D'HISTOIRES! JE VOUS AI À PEINE TOUCHÉ!
MAIS ENFIN! QU'EST-CE QUI VOUS PREND D'ESSAYER DE CONDUIRE, VOUS, LES BONNES FEMMES?! IL Y A DÉJÀ PAS MAL DE MECS QUI ROULENT COMME DES TORDUS, VOUS TROUVEZ QUE CE N'EST PAS SUFFISANT?!
BÉDUBÉDES
VENTE ACHAT
TAXI
PARFUMERIE
BNP
QUAND COMPRENDREZ-VOUS QUE VOTRE PLACE EST À LA MAISON À TORCHER LES MOUTARDS ET À RÉCURER LES CASSEROLES?!
TUUUT
DITES DONC, VOUS...
PIIIIP
HONK
TUUUUT
TUUT
PIIIIP
VOS MAINS SONT FAITES POUR RAVAUDER LES CHAUSSETTES, PAS POUR TENIR UN VOLANT!
PIIIIP
TUUUUUT
PIIIIP
TUUUUUUUUT
TUUUT
ET EN PLUS, VOUS VÉHICULEZ DES GENS!? CE N'EST PAS POSSIBLE! JE RÊVE!
PIIIP
ARRHEÛÛ
TUUUT
PIIIP
RENAULT 25
817YA 75
21/2

PIIIIIP
ARREÛ
HONK
TUUUUT
PIIIIIP
TUUUUT
POUET
PIIIIP
ET VOUS OSEZ CONFIER VOTRE VIE À ÇA!?
UNE BONNE SOEUR KAMIKAZE, ÇA JE N'AVAIS JAMAIS VU...
ÉCOUTEZ, JE...
HONK
TUUT
NON! VOUS, VOUS ALLEZ M'ÉCOUTER! VOUS ALLEZ RANGER VOTRE TAS DE FERRAILLE LE LONG DU TROTTOIR ET RENTRER SAGEMENT CHEZ VOUS! ÇA VAUDRA MIEUX POUR TOUT LE MONDE!...
À PRÉSENT ÇA SUFFIT! JE...
VOUS QUOI?
VOUS PERMETTEZ?
NE VOUS MÊLEZ PAS DE ÇA, MA SOEUR!
J'INSISTE! S'IL VOUS PLAIT...
ARREÛ POUET
EUH... BON, ALLEZ-Y, MAIS...
?
NON, MAIS VOUS LÀ, LE TÊTARD! VOUS VOUS PRENEZ POUR QUI? VOUS VOUS ÊTES DÉJÀ REGARDÉ? JE COMPRENDS QU'AVEC UNE TÊTE PAREILLE, VOUS EN VOULIEZ À VOTRE MÈRE DE VOUS AVOIR LAISSÉ VIVRE, MAIS DE LÀ À EN VOULOIR À TOUTES LES FEMMES DE LA TERRE, FAUDRAIT TOUT DE MÊME PAS EXAGÉRER!
TUUUT
CHHHT!
MA SOEUR, JE... JE NE VOUS PERMETS PAS...
RATP
TA SOEUR!? ELLE VA TE DONNER UN BON CONSEIL, TA SOEUR! TU VAS FAIRE UN PETIT DEMI-TOUR SUR PLACE, RETOURNER RANGER TES FESSES DE BABOUIN SUR LE SIÈGE AVANT DE TA LIMOUSINE, TOURNER LA CLÉ DE CONTACT, PASSER EN PREMIÈRE ET DÉGAGER! VU?!
ET... EUH... HM... ET SI JE N'OBTEMPÈRE PAS?...
21/3

LE DOIGT D'UNE RAVAUDEUSE VA TE FAIRE SAUTER UN OEIL, EH, MACHO!
33 1.5IE
ON Y VA?
VROOAR
DIDJ!!! ÇA M'A FAIT DU BIEN!
UNE VIE DE PRIÈRE, DE SILENCE ET DE RECUEILLEMENT! J'AVOUE QUE VOUS M'AVEZ PRISE DE COURT, MA SOEUR!
EUH... HEM... JE... J'AVOUE QUE C'EST BIEN LA PREMIÈRE FOIS EN TRENTE ANNÉES DE BONS ET LOYAUX SERVICES QUE JE ME LAISSE ALLER ... QUE LE SEIGNEUR ME PARDONNE...
IL VOUS PARDONNERA, MA SOEUR, SI VOUS LUI PROMETTEZ D'ENCORE TENIR TRENTE AUTRES ANNÉES!
MAIS J'Y COMPTE BIEN, MA FILLE! J'Y COMPTE BIEN!
PLUS TARD...
TAXIS
... ET TU NE LUI AS PAS FAIT PAYER LA COURSE?
NON! ENFIN, DISONS HI HI HI QU'ELLE ME L'A PAYÉE... HI HI... À SA FAÇON!
C'EST VRAI, QUOI! CE N'EST PAS TOUS LES JOURS... HI HI... QU'ON RIGOLE COMME ÇA!
21/4
CAUVIN - Laudec

# CLIENTS À GOGO

TAXI PARISIEN
RUE... RUE LA BOÉTIE, DANS LE HUITIÈME, S'IL VOUS PLAÎT !
KLAP
VROOOOO
AAARGL.. AAAA
VOUS NE VOUS SENTEZ PAS BIEN ?
MMM...?
ÉCOUTEZ, JE NE VOUDRAIS PAS ME MÊLER DE CE QUI NE ME REGARDE PAS, MAIS À VOUS VOIR, VOUS N'AVEZ PAS L'AIR DE TENIR LA GRANDE FORME !
POP MUSIC
WAIHOUU
?
EH, HO! CANNELLE, ÇA VA PAS LA TÊTE ?!
WAUUUHOU
QU'EST-CE QUI TE PREND DE HURLER SOUDAIN À LA MORT ?
HOUUUUUUUU
ÇA VA, DIS ?!
HOUUUUU
BLAF
22/1

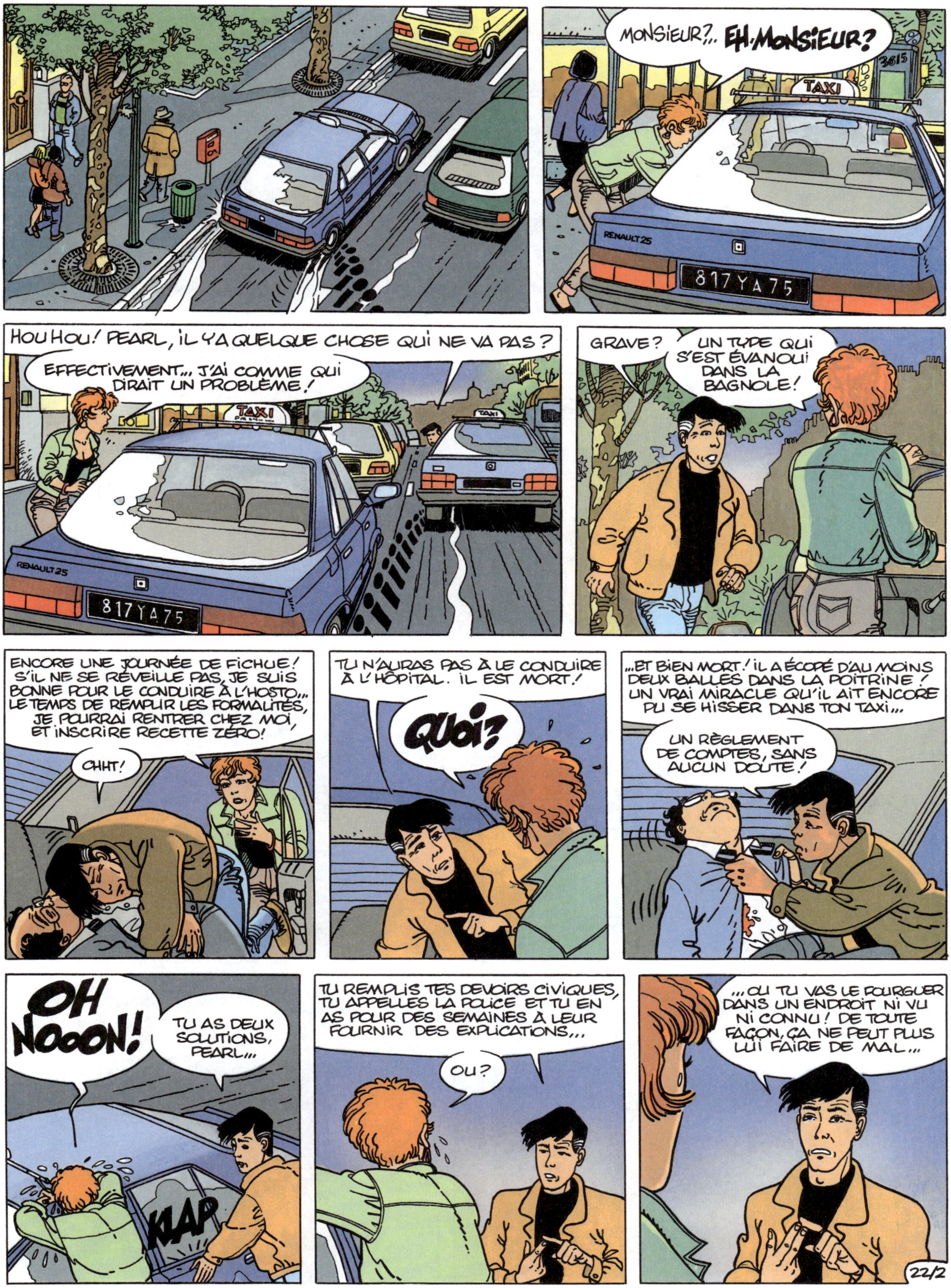
MONSIEUR?.. EH.MONSIEUR?
TAXI
3615
RENAULT 25
817 YA 75
HOU HOU! PEARL, IL Y A QUELQUE CHOSE QUI NE VA PAS?
EFFECTIVEMENT... J'AI COMME QUI DIRAIT UN PROBLÈME!
GRAVE?
UN TYPE QUI S'EST ÉVANOUI DANS LA BAGNOLE!
ENCORE UNE JOURNÉE DE FICHUE! S'IL NE SE RÉVEILLE PAS, JE SUIS BONNE POUR LE CONDUIRE À L'HOSTO... LE TEMPS DE REMPLIR LES FORMALITÉS, JE POURRAI RENTRER CHEZ MOI, ET INSCRIRE RECETTE ZÉRO!
CHHT!
TU N'AURAS PAS À LE CONDUIRE À L'HÔPITAL. IL EST MORT!
QUOI?
...ET BIEN MORT! IL A ÉCOPÉ D'AU MOINS DEUX BALLES DANS LA POITRINE! UN VRAI MIRACLE QU'IL AIT ENCORE PU SE HISSER DANS TON TAXI...
UN RÈGLEMENT DE COMPTES, SANS AUCUN DOUTE!
OH NOOOON!
TU AS DEUX SOLUTIONS, PEARL...
KLAP
TU REMPLIS TES DEVOIRS CIVIQUES, TU APPELLES LA POLICE ET TU EN AS POUR DES SEMAINES À LEUR FOURNIR DES EXPLICATIONS...
OU?
...OU TU VAS LE FOURGUER DANS UN ENDROIT NI VU NI CONNU! DE TOUTE FAÇON, ÇA NE PEUT PLUS LUI FAIRE DE MAL...
22/2

J'OPTE POUR LA SECONDE! TU ME DONNES UN COUP DE MAIN?
HEU... OUI, BIEN SÛR!
TAXI!
DÉSOLÉ! JE NE SUIS PAS LIBRE!
ALORS, IL FALLAIT L'INDIQUER! JE CONNAIS MES DROITS, MOI MONSIEUR ET SI VOUS REFUSEZ DE M'EMBARQUER, J'APPELLE LA POLICE...
ESPÈCE DE...
CHHT... T'ÉNERVE PAS, JACKY, CE N'EST VRAIMENT PAS LE MOMENT D'AMEUTER TOUT LE QUARTIER...
DÉSOLÉ PEARL...
T'EN FAIS PAS. JE SAURAI BIEN ME DÉBROUILLER SEULE...
ALORS? JE VOUS EMMÈNE OÙ?
RUE DU FAUBOURG SAINT-ANTOINE!
TU VAS Y ARRIVER, VIEUX
MAIS AVANT ÇA, J'TE JURE QUE TU AURAS FAIT TROIS FOIS LE TOUR DE PARIS!
WOUHOÛ WOÛÛÛÛ
AH NON! CANNELLE, TU NE VAS PAS REMETTRE ÇA, DIS?
HOÛÛÛÛÛ
CANNELLE!
DUBONNET
PLUS TARD...
SOLIT
22/3

DÉSOLÉ, MON PAUVRE VIEUX, MAIS IL FAUT ME COMPRENDRE! TOI, TA VIE S'ARRÊTE LÀ, MOI, JE DOIS CONTINUER À LA GAGNER...
MAIS JE PEUX T'ASSURER D'UNE CHOSE! ILS NE VONT PAS TARDER À S'OCCUPER DE TOI...
JE M'EN CHARGE!
PROMIS!
TAXI
TELEPHONE
WHIUUUUU
WHIU
POLICE-SECOURS
ARISIEN
BEAUCOUP PLUS TARD...
WHOUUHOUUUU
TAXIS
QU'EST-CE QU'IL A, SON CLEBS, À HURLER COMME ÇA?
CE N'EST PAS CANNELLE, C'EST PEARL!
PEARL? QU'EST-CE QU'ELLE A?
PARAÎT QUE SES NERFS ONT LÂCHÉ!
LÀ! QU'EST-CE QUE J'AI TOUJOURS DIT! LES TAXIS, C'EST PAS UN MÉTIER POUR LES FEMMES!
ET MOI JE VOUS DIS QU'IL Y A DES COUPS DE PIED AU CUL QUI SE PERDENT!
LAISSE TOMBER, JACKY! ÇA IRA! JE ME SENS DÉJÀ BEAUCOUP MIEUX...
22/4
CAUVIN - Laudec

MERCI, MERCI ENCORE!
VOIS-TU, CANNELLE, J'ADORE LES COURSES À LA CAMPAGNE...
D'ABORD, LES GENS SONT GENTILS...
ET PUIS, ON EST LOIN DE LA VILLE, DE SA POLLUTION, DU STRESS, DES EMBOUTEILLAGES ET DES CLIENTS GRINCHEUX...
...L'AIR Y EST PUR ET TOUT Y EST BEAU, CALME ET TRANQUILLE.
?!
RENAULT 25
QU'EST-CE QU'IL FAIT EN PLEIN MILIEU DE LA ROUTE, CELUI-LÀ?
À MON AVIS, IL A DÛ DÉFONCER LA CLÔTURE POUR JOUER LA FILLE DE L'AIR...
SI JE PUIS DIRE!
HiHiHi!
WiF WiFWiF
TŪŪŪŪT
TŪŪŪT
TŪŪŪT
31/1

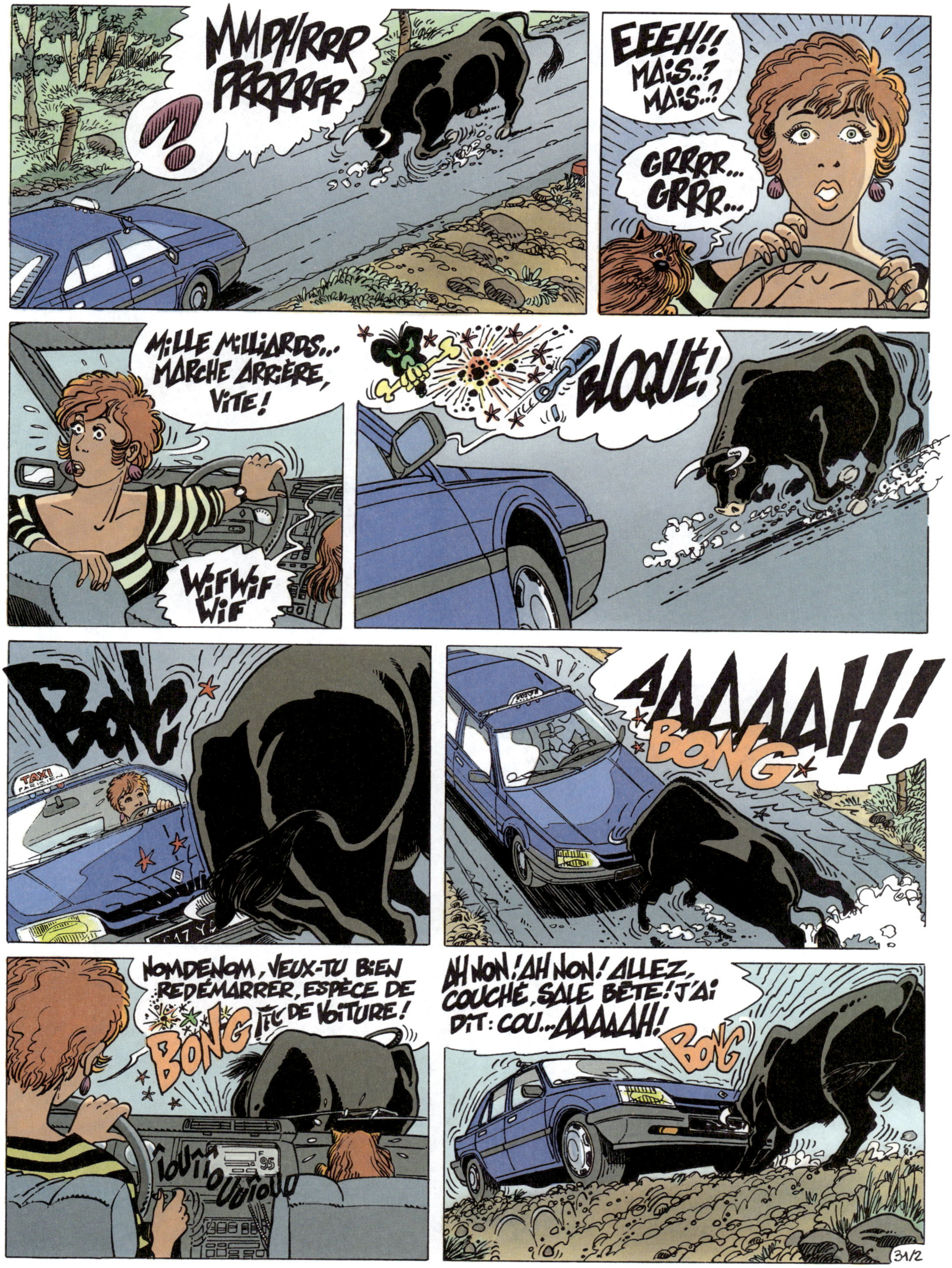
MMPHRRR PRRRRRFR
?
EEEH!! MAIS..? MAIS..?
GRRRR... GRRR...
MILLE MILLIARDS... MARCHE ARRIÈRE, VITE!
WIFWIF WIF
BLOQUÉ!
AAAAAH!
BONG
NOMDENOM, VEUX-TU BIEN REDÉMARRER, ESPÈCE DE DE VOITURE!
BONG
AH NON! AH NON! ALLEZ, COUCHÉ, SALE BÊTE! J'AI DIT: COU... AAAAAH!
BONG
31/2

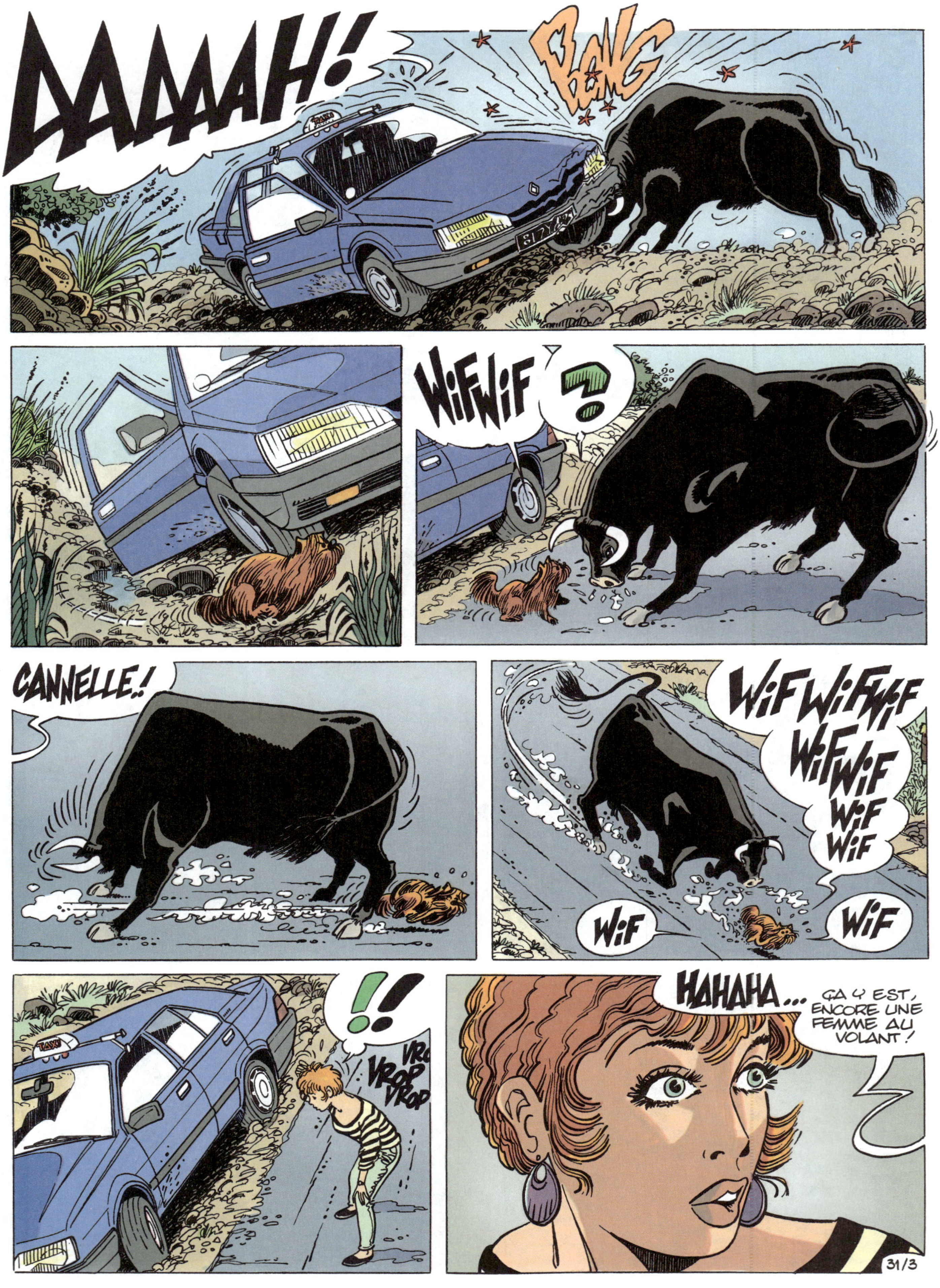

AAAAAH!
BOING
WIFWIF
?
CANNELLE!
WIF WIFWIF
WIFWIF
WIF
WIF
WIF
WIF
!!
VROP
VROP
VROP
HAHAHA... ÇA Y EST, ENCORE UNE FEMME AU VOLANT!
31/3

CAUVIN - CHANTRAINE - Laudec '95

C'EST PAS VRAI! MAIS C'EST PAS VRAI!
DIDJÛ!!
?
DITES! ÇA NE VOUS DÉRANGERAIT PAS D'ALLER UN PEU PLUS VITE! C'EST QUE J'AI UN AVION À PRENDRE, MOI!
PSSSST...
?
À VOTRE PLACE, JE ME MÉFIERAIS...
?
C'EST FOU CE QU'ILS PASSENT POUR AVOIR UN MAUVAIS CARACTÈRE.
...ET SUSCEPTIBLES AVEC ÇA!
27/1
CAUVIN - Laudec '94.

# ABANDON DE POSTE

!
LÂCHEZ-MOI! MAIS LÂCHEZ-MOI!
À LA CASSEROLE, LES POULETS!
AH, ÇA SUFFIT, HEIN?
KÔT KÔT KOT
C'EST FINI, OUI?
POLICE SECOURS
PLUS TARD...
ALORS, TOI AUSSI, T'AS CRAQUÉ?
OUI!
T'EN FAIS UNE TÊTE...
SI C'EST POUR TON TAXI, NE T'INQUIÈTE PAS, TU LE RETROUVERAS TOUJOURS...
MARGOT
À MORT LES POUL
CE N'EST PAS POUR LUI QUE JE M'INQUIÈTE, C'EST POUR CANNELLE. JE L'AVAIS LAISSÉ À L'INTÉRIEUR. JE ME DEMANDE OÙ IL PEUT ÊTRE À L'HEURE QU'IL EST!
TOUT DE MÊME, IL Y A FOURRIÈRE ET FOURRIÈRE. IL Y A CELLES RÉSERVÉES AUX ANIMAUX COMME ICI...
...ET D'AUTRES RÉSERVÉES AUX VOITURES, JE SAIS...
WIFWIF
WIFWIF WAOUF GRRR WOUF WAF
WAF
WIFWIF
WAHWA
WIFWIFWIF WIFWIFWIF
WARF
...MAIS COMME ON N'A PAS PU LES SÉPARER L'UN DE L'AUTRE, ON A BIEN DÛ FAIRE UN CHOIX!
WOUF
WAFWAF
34/2
CAUVIN - CHANTRAINE - Laudec '95

BLINK
CLINK
AXIS
etro
BING
KLINK
371

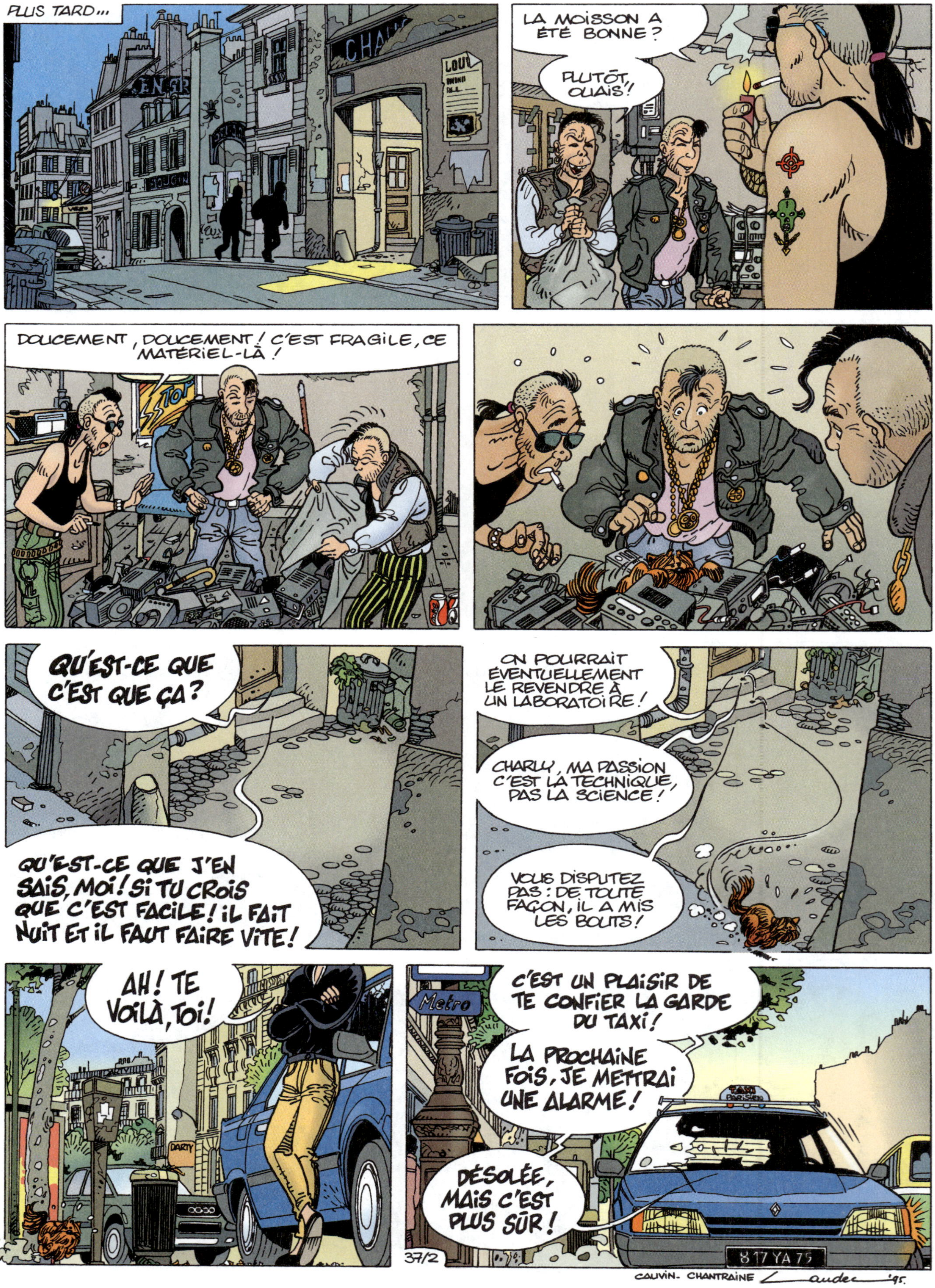
PLUS TARD...
LA MOISSON A ÉTÉ BONNE ?
PLUTÔT, OUAIS !
DOUCEMENT, DOUCEMENT ! C'EST FRAGILE, CE MATÉRIEL-LÀ !
QU'EST-CE QUE C'EST QUE ÇA ?
QU'EST-CE QUE J'EN SAIS, MOI ! SI TU CROIS QUE C'EST FACILE ! IL FAIT NUIT ET IL FAUT FAIRE VITE !
ON POURRAIT ÉVENTUELLEMENT LE REVENDRE À UN LABORATOIRE !
CHARLY, MA PASSION C'EST LA TECHNIQUE, PAS LA SCIENCE !
VOUS DISPUTEZ PAS : DE TOUTE FAÇON, IL A MIS LES BOUTS !
AH ! TE VOILÀ, TOI !
Metro
C'EST UN PLAISIR DE TE CONFIER LA GARDE DU TAXI !
LA PROCHAINE FOIS, JE METTRAI UNE ALARME !
DÉSOLÉE, MAIS C'EST PLUS SÛR !
37/2
CAUVIN - CHANTRAINE

SALUT, MONSIEUR MARCEL. OÙ EN EST MA VOITURE ?
JE VIENS JUSTE DE LA TERMINER.
SSE
FORMIDABLE ! OH, À PROPOS, JE VOUS AMÈNE UNE CLIENTE.
MERCI !
OH, IL N'Y A PAS DE QUOI !
VOUS SAVEZ, UNE VOITURE C'EST COMME UN ÊTRE HUMAIN. IL VOUS ARRIVE PARFOIS D'AVOIR DES ENNUIS DU CÔTÉ DE L'ESTOMAC, DU FOIE OU DE LA VÉSICULE...
TAXI PARISIEN
QUEL EST VOTRE DIAGNOSTIC, DOCTEUR ?
EH BEN, ELLE, C'EST DU CÔTÉ DES BOUGIES, DES SOUPAPES OU DU CARBURATEUR.
C'EST DIFFICILE À DIRE ! SI VOUS POUVIEZ REVENIR D'ICI UNE HEURE OU DEUX...
D'ACCORD ! JE VAIS EN PROFITER POUR FAIRE QUELQUES COURSES.
À LA BONNE HEURE...
TAXI !
GALERIES LAFAYETTE, S'IL VOUS PLAÎT !
33/1

BEAUCOUP PLUS TARD...
OH, JE SAIS CE QUE C'EST, JE SUIS MOI-MÊME CHAUFFEUR DE TAXI...
SI C'EST PAS MALHEUREUX...
LE STRESS, LES EMBOUTEILLAGES, LA BUÉE SUR LES VITRES ET LE MOTEUR QUI CHAUFFE, JE CONNAIS!
AH! PAR CONTRE, ÇA PAS!
?
KLONG
BING
BLING
KLING
VOUS VOUS Y CONNAISSEZ?
EUH... À VRAI DIRE... JE NON!
DANS CE CAS, IL N'Y A PAS À HÉSITER...
SALUT, MONSIEUR MARCEL. OÙ EN EST MA VOITURE?
JE VIENS JUSTE DE LA TERMINER!
PARFAIT! À CE PROPOS, JE VOUS AMÈNE UN CLIENT.
MERCI!
OH, IL N'Y A PAS DE QUOI!
VOUS SAVEZ, UNE VOITURE, C'EST COMME UN ÊTRE HUMAIN. IL VOUS ARRIVE PARFOIS D'AVOIR DES ENNUIS DU CÔTÉ DE L'ESTOMAC, DU FOIE OU DE LA VÉSICULE...
FOUTU MÉTIER...
GARAGE
Veedol
817 YA 75
33/2
CAUVIN - CHANTRAINE - Laudec 95

817YA75
TAXI !
?
STÉPHANE, VIENS VITE, MON CHÉRI !
EEEH ! QU'EST-CE QUE...
À L'HÔPITAL, VITE !
VOUS AURIEZ PU APPELER UNE AMBULANCE TOUT DE MÊME !
MAIS JE L'AI FAIT, J'AI TÉLÉPHONÉ À L'HÔPITAL...
...MAIS ÇA SONNAIT TOUJOURS OCCUPÉ. À MON AVIS, LA LIGNE DOIT ÊTRE EN DÉRANGEMENT.
...MANQUAIT PLUS QUE ÇA !
L'HÔPITAL LE PLUS PROCHE, OÙ SE TROUVE-T-IL ?
SUR LA ROUTE DE CRÉTEIL !
SUR LA ROUTE DE CRÉTEIL...?! MAIS C'EST À UNE DIZAINE DE KILOMÈTRES D'ICI !
AVANT, IL Y EN AVAIT UN PAS LOIN D'ICI ! ILS L'ONT SUPPRIMÉ. LA CENTRALISATION DES HÔPITAUX EST UNE MAUVAISE CHOSE !
ARRANGEZ-VOUS POUR QU'IL NE METTE PAS DU SANG PARTOUT !
N'AYEZ CRAINTE, J'AI PRIS SOIN DE LUI ENTOURER LE BRAS D'ESSUIE-MAINS !
35/1

TU N'AURAIS JAMAIS DÛ TE SERVIR DE LA TRONÇONNEUSE, STÉPHANE... TU AURAIS DÛ LAISSER FAIRE PHILIPPE, LUI AU MOINS, IL AVAIT L'HABITUDE...
CEDEZ LE PASSAGE
... ENFIN, JE CROIS QUE L'OS N'A PAS ÉTÉ TOUCHÉ! JUSTE QUELQUES MUSCLES ET QUELQUES TENDONS!
BEUÊRK!
J'AURAIS QUAND MÊME DÛ PENSER À PRENDRE D'AUTRES ESSUIE-MAINS, CEUX-LÀ COMMENCENT À PERCER...
QUOI?!
TAXI
C'EST DE VOTRE FAUTE, APRÈS TOUT. ON DEVRAIT DÉJÀ Y ÊTRE. VOUS N'AVANCEZ PAS!
HÉ, HO, VOUS CROYEZ SANS DOUTE QUE JE SUIS AUX COMMANDES D'UN A 310?
PLUS TARD...
COURAGE, STÉPHANE, NOUS Y SOMMES!
CHU
C'EST ÇA, VA EN AVANT, JE TE REJOINS DE SUITE!
POLYCLINIQUE
C'EST BON, GARDEZ LA MONNAIE.
MERCI!
TAXI!
35/2

CAUVIN - CHANTRAINE - Laudec '95

QUELLE CHALEUR !
TU PARLES ! ET LE PIRE, C'EST QUE MON SYSTÈME DE REFROIDISSEMENT EST TOMBÉ EN PANNE. L'HORREUR ! ON ÉTOUFFE LITTÉRALEMENT LÀ-DEDANS, ET POUR AVOIR DE L'AIR, JE SUIS OBLIGÉE DE ROULER TOUTES VITRES BAISSÉES !
ET TU NE FAIS PAS RÉPARER ?
PAS LE TEMPS, MAIS JE DOIS PASSER TOUT À L'HEURE CHEZ UN COPAIN GARAGISTE QUI M'A PROMIS DE ME FAIRE UN PETIT DÉPANNAGE DE FORTUNE EN ATTENDANT DE LUI CONFIER LA VOITURE.
Festival de
VOUS ÊTES LIBRE ?
OUI, MONTEZ !
PORTE DES LILAS !
PORTE DES LILAS...
EUH, DÉSOLÉE, MAIS LE SYSTÈME DE REFROIDISSEMENT EST LÉGÈREMENT DÉFICIENT...
M'EN FICHE, ROULEZ !
?!
WIF ?
IIIOUIIOU
IIIOUIOUU
POLICE
36/1

iiiiOUUUOUUiiiOUiiOU
iOUiiiOUUiiOU
TAXI
817 A 75
POLICE
iOUiiiOUUU
!?
POLICE
EEEEH !? ÇA VA PAS LA TÊTE ?
NE TIREZ PAS, C'EST LE CHAUFFEUR !
VENEZ PAR ICI, VITE !
SORTEZ DE LÀ LES MAINS EN L'AIR !
QUE SE PASSE-T-IL ? J'AIMERAIS QU'ON M'EXPLIQUE !
NE ME DITES PAS QUE VOUS IGNOREZ LE NOM DU MEC QUE VOUS TRIMBALLEZ !
POLIC
JE NE DEMANDE JAMAIS LE NOM DE MES CLIENTS, VOUS SAVEZ
CELA DIT, QUI EST-CE ?
MARCO, MARCO VENANZI, UN DANGEREUX MALFRÂT EN CAVALE DEPUIS UNE QUINZAINE DE JOURS ET QUI, HIER ENCORE, FAISAIT LA UNE DES JOURNAUX !
NOOON ?
UN DE NOS AGENTS L'A APERÇU, MONTANT DANS VOTRE TAXI ! IL A AUSSITÔT DONNÉ L'ALERTE. VOILÀ POURQUOI ON VOUS A PRIS EN CHASSE.
VOUS POURRIEZ TOUT DE MÊME Y METTRE DES FORMES ! ÇA PORTE SUR LES NERFS, CE GENRE DE CHOSES.
36/2

ET À PRÉSENT, QU'EST-CE QUE VOUS COMPTEZ FAIRE ?
ÇA DÉPEND DE LUI...
... OU BIEN IL SE REND BIEN GENTI-MENT, OU...
TAXI PARISIEN
817YA75
VOUS N'ALLEZ TOUT DE MÊME PAS LUI TIRER DESSUS ?
PARCE QUE VOUS CROYEZ QUE LUI VA SE GÊNER ?
C'EST DE L'ASSASSINAT ! IL N'EST MÊME PAS ARMÉ !
QU'EST-CE QUE VOUS EN SAVEZ ? VOUS L'AVEZ MIS À POIL ?!
RHÔÔÔ ! JE NE DÉSHABILLE JAMAIS MES CLIENTS !
ASSEZ PERDU DE TEMPS !
ALLONS-Y POUR LES SOMMATIONS D'USAGE !
MARCO, TU N'AS AUCUNE CHANCE, RENDS-TOI !
ON LUI DONNE COMBIEN DE TEMPS ?
DIX SECONDES, PAS UNE DE PLUS !
MON DIEU !
? ?
POLICE
36/3

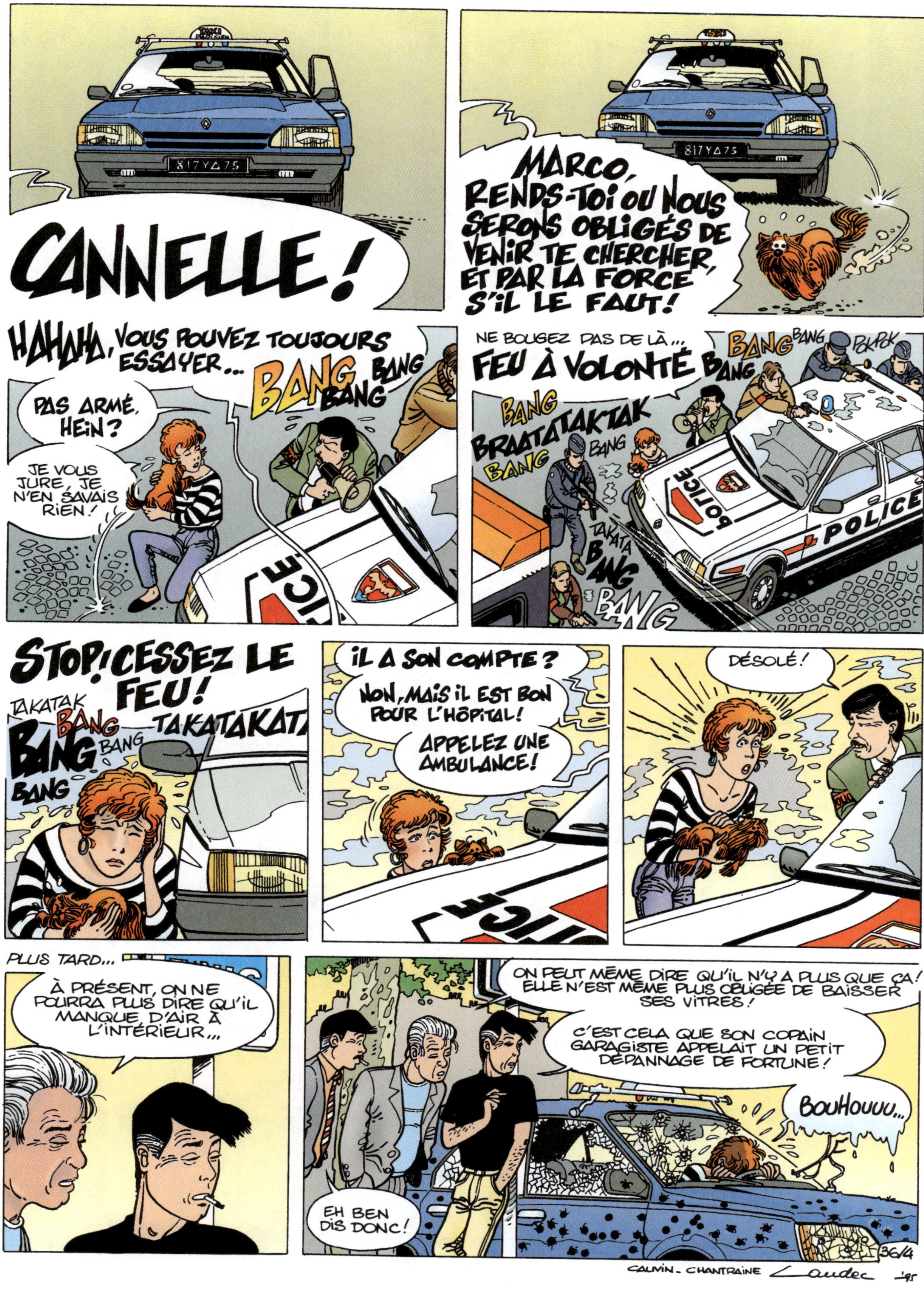
817 Y 75
CANNELLE !
817 Y 75
MARCO, RENDS-TOI OU NOUS SERONS OBLIGÉS DE VENIR TE CHERCHER, ET PAR LA FORCE S'IL LE FAUT !
HAHAHA, VOUS POUVEZ TOUJOURS ESSAYER...
BANG BANG BANG
PAS ARMÉ, HEIN ?
JE VOUS JURE, JE N'EN SAVAIS RIEN !
NE BOUGEZ PAS DE LÀ...
FEU À VOLONTÉ
BANG BANG POKPOK BANG
BANG
BRAATATAKTAK
BANG BANG
TAKATA BANG BANG
POLICE
STOP ! CESSEZ LE FEU !
TAKATAK BANG BANG BANG TAKATAKATA
BANG
IL A SON COMPTE ?
NON, MAIS IL EST BON POUR L'HÔPITAL !
APPELEZ UNE AMBULANCE !
DÉSOLÉ !
PLUS TARD...
À PRÉSENT, ON NE POURRA PLUS DIRE QU'IL MANQUE D'AIR À L'INTÉRIEUR...
ON PEUT MÊME DIRE QU'IL N'Y A PLUS QUE ÇA ! ELLE N'EST MÊME PLUS OBLIGÉE DE BAISSER SES VITRES !
C'EST CELA QUE SON COPAIN GARAGISTE APPELAIT UN PETIT DÉPANNAGE DE FORTUNE !
BOUHOUUU...
EH BEN DIS DONC !
36/4
CALVIN - CHANTRAINE Laudec '95

47
06 Y 1175